魔法圖書(
遇見森林王子

人物介紹

佳‹妮›

和‹家›人‹一›起‹去›爬‹山›
的‹時›候‹，再›次‹進›入‹
范‹特›西‹爾›的‹世›界›。
因‹為›身‹上›有‹某›樣‹讓›
動‹物›們‹覺›得‹神›奇›的‹
物‹品›，因›此‹展›開‹意›
想‹不›到‹的‹冒›險›。

妮›妮›

以‹想›像‹力›和‹親›和‹力›
與‹森›林‹中›的‹動›物‹們›
成‹為›好‹朋›友‹，並›且‹
為‹了›拯›救‹突›然‹失›蹤‹
的‹姐›姐‹佳›妮‹，和›大‹
夥‹兒›並‹肩›作‹戰›。

毛›克›利›

從‹小›被›狼‹群›養‹育›長‹
大‹，身›為‹森›林‹居›民‹中‹
唯‹一›的‹人›類‹，希›望‹能›
讓‹經›常‹敵›對‹的‹動›物‹和‹
人‹類›和‹睦›相‹處›。

巴魯

毛克利的好朋友，教導他許多森林的法則。個性溫柔，但也有著嚴厲的一面。

毛毛

佳妮和妮妮家的小狗，和佳妮一樣聰明，也和妮妮一樣活潑。在拯救佳妮的作戰中非常活躍，表現得既冷靜又勇敢。

巴希拉

毛克利的好朋友，教導他許多森林的法則。雖然是猛獸，但是對小孩很寬容。

卡ㄎㄚˇ奧ㄠˋ

森ㄙㄣ林ㄌㄧㄣˊ中ㄓㄨㄥ最ㄗㄨㄟˋ強ㄑㄧㄤˊ且ㄑㄧㄝˇ最ㄗㄨㄟˋ聰ㄘㄨㄥ明ㄇㄧㄥˊ的ㄉㄜ˙動ㄉㄨㄥˋ物ㄨˋ，但ㄉㄢˋ是ㄕˋ蛻ㄊㄨㄟˋ完ㄨㄢˊ皮ㄆㄧˊ後ㄏㄡˋ會ㄏㄨㄟˋ餓ㄜˋ得ㄉㄜ˙神ㄕㄣˊ智ㄓˋ不ㄅㄨˋ清ㄑㄧㄥ，甚ㄕㄣˋ至ㄓˋ無ㄨˊ法ㄈㄚˇ辨ㄅㄧㄢˋ別ㄅㄧㄝˊ灰ㄏㄨㄟ猴ㄏㄡˊ和ㄏㄢˋ人ㄖㄣˊ類ㄌㄟˋ。牠ㄊㄚ能ㄋㄥˊ藉ㄐㄧㄝˋ由ㄧㄡˊ蠕ㄖㄨˊ動ㄉㄨㄥˋ身ㄕㄣ體ㄊㄧˇ來ㄌㄞˊ催ㄘㄨㄟ眠ㄇㄧㄢˊ其ㄑㄧˊ他ㄊㄚ動ㄉㄨㄥˋ物ㄨˋ，令ㄌㄧㄥˋ牠ㄊㄚ們ㄇㄣ˙動ㄉㄨㄥˋ彈ㄊㄢˊ不ㄅㄨˋ得ㄉㄜ˙，不ㄅㄨˊ過ㄍㄨㄛˋ這ㄓㄜˋ招ㄓㄠ對ㄉㄨㄟˋ人ㄖㄣˊ類ㄌㄟˋ無ㄨˊ效ㄒㄧㄠˋ。

謝ㄒㄧㄝˋ利ㄌㄧˋ

非ㄈㄟ常ㄔㄤˊ討ㄊㄠˇ厭ㄧㄢˋ人ㄖㄣˊ類ㄌㄟˋ，所ㄙㄨㄛˇ以ㄧˇ也ㄧㄝˇ討ㄊㄠˇ厭ㄧㄢˋ毛ㄇㄠˊ克ㄎㄜˋ利ㄌㄧˋ和ㄏㄢˋ養ㄧㄤˇ大ㄉㄚˋ毛ㄇㄠˊ克ㄎㄜˋ利ㄌㄧˋ的ㄉㄜ˙狼ㄌㄤˊ群ㄑㄩㄣˊ。黑ㄏㄟ魔ㄇㄛˊ法ㄈㄚˇ師ㄕ給ㄍㄟˇ了ㄌㄜ˙牠ㄊㄚ力ㄌㄧˋ量ㄌㄧㄤˋ，要ㄧㄠˋ牠ㄊㄚ抓ㄓㄨㄚ住ㄓㄨˋ佳ㄐㄧㄚ妮ㄋㄧˊ和ㄏㄢˋ妮ㄋㄧˊ妮ㄋㄧˊ。

班ㄅㄢ達ㄉㄚˊ羅ㄌㄨㄛˊ格ㄍㄜˊ族ㄗㄨˊ

一ㄧˋ群ㄑㄩㄣˊ愛ㄞˋ吵ㄔㄠˇ鬧ㄋㄠˋ的ㄉㄜ˙灰ㄏㄨㄟ猴ㄏㄡˊ。覺ㄐㄩㄝˊ得ㄉㄜ˙佳ㄐㄧㄚ妮ㄋㄧˊ看ㄎㄢˋ起ㄑㄧˇ來ㄌㄞˊ很ㄏㄣˇ聰ㄘㄨㄥ明ㄇㄧㄥˊ，想ㄒㄧㄤˇ讓ㄖㄤˋ她ㄊㄚ當ㄉㄤ自ㄗˋ己ㄐㄧˇ的ㄉㄜ˙首ㄕㄡˇ領ㄌㄧㄥˇ，因ㄧㄣ此ㄘˇ綁ㄅㄤˇ架ㄐㄧㄚˋ了ㄌㄜ˙佳ㄐㄧㄚ妮ㄋㄧˊ，也ㄧㄝˇ偷ㄊㄡ走ㄗㄡˇ了ㄌㄜ˙魔ㄇㄛˊ法ㄈㄚˇ之ㄓ書ㄕㄨ。

黑ㄏㄟ魔ㄇㄛˊ法ㄈㄚˇ師ㄕ

想ㄒㄧㄤˇ方ㄈㄤ設ㄕㄜˋ法ㄈㄚˇ要ㄧㄠˋ支ㄓ配ㄆㄟˋ范ㄈㄢˋ特ㄊㄜˋ西ㄒㄧ爾ㄦˇ的ㄉㄜ˙邪ㄒㄧㄝˊ惡ㄜˋ魔ㄇㄛˊ法ㄈㄚˇ師ㄕ。

目錄

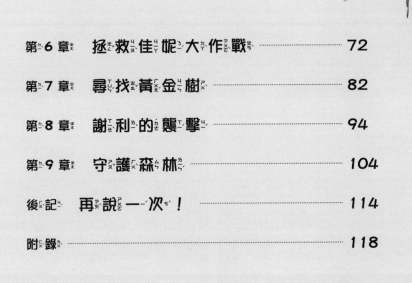

毛毛去哪裡？

真開心，我好久沒爬山了。

空氣真好！

走太快容易消耗體力喔！

姐姐，有蝴蝶耶！

妮妮，這些花好漂亮喔！

你有聽到水流的聲音嗎？

附近好像有溪谷。

孩子們好像很喜歡爬山。

第1章

遇見毛克利

姐姐……

牠們是
布偶吧？

我也這麼
希望，但是
牠們的眼睛太
逼真了……

佳妮和妮妮
掉在森林的會議岩石
前，被數不清的動物包圍著。
動物們睜大了眼睛，一動也不動
的盯著突然出現的兩人。

一隻黑熊從圍觀的動物中走了出來，佳妮和妮妮因為害怕，像凍結的冰塊般，完全無法移動雙腳。而毛毛卻一點也不畏懼，牠搖著尾巴，蹦蹦跳跳的靠近那隻熊，甚至聞起彼此的味道。

看到毛毛這麼靠近熊，佳妮顫抖著說：「毛毛……很危險……快回來！」

這時候，一個男生從熊的背後走來。

你們不懂動物
的語言嗎？
我來教你們吧！

一一個能和動物溝通的男孩——佳妮和妮妮想起以前看過的故事，立刻認出眼前的人。

「你是毛克利？」

雖然訝異女孩們知道自己的名字，毛克利還是開心的點點頭。

「你好，我們是佳妮和妮妮，是從現實世界來的旅行者，所以不懂動物的語言。」佳妮說道。

毛克利笑著說：「只要不關上心房，就能聽懂動物說的話，跟著我做就行了。首先從頭到腳拍一拍，然後對自己說：『我的思緒啊！沉靜下來吧！』」

佳妮和妮妮半信半疑，還是照著毛克利說的話做。

「我的思緒啊！沉靜下來吧！」

突然間，站在一旁的熊對著姐妹倆吼叫。

妮妮不安的說：「我還是聽不懂……牠應該不是要把我們抓來吃掉吧？」

　　「巴魯說你們做得很好，但是要再專注一點。來，再試一次！」

　　佳妮和妮妮照著毛克利說的話，再次集中精神，從頭到腳拍一拍。

　　「我的思緒啊！沉靜下來吧！」

「妮妮姐姐，再專心一點！」

忽然被叫到名字，讓妮妮嚇了一大跳，緊張的東張西望。「是誰叫我姐姐？」

這時候，妮妮的視線和毛毛對上了。

「妮妮姐姐，你聽得懂我說的話了嗎？」

毛毛的眼睛閃閃發亮，看著姐妹倆，佳妮和妮妮嚇得目瞪口呆。「毛毛說話了！」

「成功了，你們聽得懂動物說的話了。」毛克利笑著說。

站在會議岩石上的狼王阿克拉說：「你們妨礙了我們的會議，能不能安靜一點？」

「對不起，但這個會議難道是……」

佳妮的話還沒說完，老虎謝利就往前站了一步，用渾厚的嗓音低吼了一聲，像是在發出警告。

走開！
不能信任的人類！

　　謝利的低吼聲讓佳妮和妮妮忍不住
發起抖來，毛克利溫柔的向兩人解釋：
「別在意，謝利只是比較討厭人類。」

此ㄘˇ時ㄕˊ，巴ㄅㄚ魯ㄌㄨˇ站ㄓㄢˋ出ㄔㄨ來ㄌㄞˊ，為ㄨㄟˋ佳ㄐㄧㄚ妮ㄋㄧˊ和ㄏㄜˊ妮ㄋㄧˊ妮ㄋㄧˊ說ㄕㄨㄛ話ㄏㄨㄚˋ。

她們是旅行者，
對森林來說是
無害的。

人類應該多走進森林，才能了解森林的重要性。

黑豹巴希拉也冷靜附和巴魯的話。

這時候，佳妮和妮妮感覺有一道銳利的目光注視著自己，轉頭發現是一隻黑貓。

妮妮在佳妮耳邊小聲的說：「姐姐，我還以為貓咪都很可愛，不過那隻貓讓我覺得不太舒服。」

佳妮同意的點點頭。「牠好像一直盯著我們看……但是森林裡怎麼會有貓呢？」

黑貓目光凶狠的瞪著佳妮和妮妮，一轉身卻變成楚楚可憐的樣子，走到會議岩石上對著動物們喊話。

「我原本住在人類的村子裡，可是小孩為了好玩就朝我丟石頭，大人說會帶來厄運就把我趕走，我逃到森林裡才終於得救。

人類不只欺負像我這麼小的動物，他們還想破壞森林，用來建高樓大廈。我們必須守護森林，趕在人類行動前，早一步消滅他們！」

黑貓的話讓動物們議論紛紛。

胡狼塔巴基興奮的露出尖牙。
「我們去消滅人類吧！」

幾隻動物發出贊成的吼叫聲，阿克拉趕緊維持秩序。

「安靜！」

動物們安靜下來後，毛克利對大家說：「我們不能輕易相信第一次參加會議的貓說的話。」

　　謝利沒好氣的回嘴：「毛克利，你要站在人類那邊嗎？種族果然騙不了人。」

　　塔巴基提高了音調，附和謝利的話。「人類滾開！森林的事就交給動物處理吧！」

謝利和塔巴基的話，讓毛克利及狼群發出生氣的低吼聲。

　　「住手，我們不應該內訌。就像你們說的，正因為毛克利是人類，如果他挺身而出，一定能說服那些想要破壞森林的人類。」

　　阿克拉制止了兩方人馬一觸即發的衝突。

　　「毛克利向我學了很多森林的法則，還在這裡生活了那麼久，他當然有資格和我們一起討論森林的事。」巴魯也低吼了一聲。

　　「沒錯，毛克利一定能成為動物和人類之間的橋梁。因為他能和平的解決問題，不像某隻動物那樣只會搞亂。」巴希拉用眼角餘光看向謝利。

轟隆隆！

　　突然間，某個地方傳來巨響。

沙沙沙！咚！嘶嘶嘶！砰！

　　接著傳來樹木倒下的聲音。

第2章

逼近的危機

「人類正在砍樹！」鳥群從樹木倒下的地方飛來大聲喊道。

「黑貓說得對，人類正在破壞森林！」

本來在開會的動物們慌慌張張的起身，往森林深處躲避。

佳妮和妮妮面對突如其來的混亂，只能站在原地，不知如何是好。

28

　　應該跟著動物們進入森林深處，
還是去說服人類不要破壞森林呢？

　　「在艾凡里鎮的時候，我們就是
被捲入紛爭中，所以差點被趕走。要
說服這裡的人一定也不容易，我們快
逃吧！」佳妮皺著眉說。

妮妮不同意，搖搖頭說：「逃跑不能解決問題！」

雖然覺得妮妮說的話有道理，但是佳妮依舊不放心。「萬一出了差錯，連我們都會有危險！」

妮妮笑嘻嘻的說：「別擔心，我有個好主意。」

姐妹倆來到倒下的樹木附近，接著妮妮從魔法之書找出托米，朝伐木工人丟過去。

「托米，拜託你假裝成妖怪。」

聽到妮妮的話，托米把身體變成紅色，並做出憤怒的表情。

「我是住在這座森林裡的妖怪，我不會放過欺負森林和動物的人！」

工人們看到模樣可怕的托米朝自己飛來，嚇得立刻丟下手邊的工作，大叫救命，火速逃跑。

看到計劃成功，躲在草叢裡的妮妮高興的拍手歡呼。

「姐姐，這次我做得不錯吧？」

一直等不到佳妮回答的妮妮轉頭一看，才發現原本在自己身旁的佳妮，不知何時消失了蹤影。

　　「毛毛，你有看到姐姐嗎？」

　　毛毛左看右看了一會兒。「佳妮姐姐什麼時候不見的？剛剛還在我旁邊啊！難道鑽進地底了？可是地上沒有洞，泥土也沒有她的味道。難道是長出翅膀，飛到天上了？」

聞聞！

滔滔不絕！

　　妮ㄋㄧˊ妮ㄋㄧˊ吃ㄔ驚ㄐㄧㄥ的ㄉㄜ˙看ㄎㄢˋ著ㄓㄜ˙毛ㄇㄠˊ毛ㄇㄠˊ認ㄖㄣˋ真ㄓㄣ分ㄈㄣ析ㄒㄧ的ㄉㄜ˙樣ㄧㄤˋ子ㄗ˙。「原ㄩㄢˊ來ㄌㄞˊ你ㄋㄧˇ這ㄓㄜˋ麼ㄇㄜ˙會ㄏㄨㄟˋ說ㄕㄨㄛ話ㄏㄨㄚˋ啊ㄚ˙！」

　　毛ㄇㄠˊ毛ㄇㄠˊ皺ㄓㄡˋ起ㄑㄧˇ眉ㄇㄟˊ頭ㄊㄡˊ。「現ㄒㄧㄢˋ在ㄗㄞˋ是ㄕˋ說ㄕㄨㄛ這ㄓㄜˋ個ㄍㄜˋ的ㄉㄜ˙時ㄕˊ候ㄏㄡˋ嗎ㄇㄚ？重ㄓㄨㄥˋ點ㄉㄧㄢˇ是ㄕˋ佳ㄐㄧㄚ妮ㄋㄧˊ姐ㄐㄧㄝˇ姐ㄐㄧㄝ˙失ㄕ蹤ㄗㄨㄥ了ㄌㄜ˙！」

　　從妮妮身邊消失的佳妮正在樹枝
間盪來盪去，雖然森林的風景很美，
這種刺激的體驗也是前所未有，但是
她完全沒有享受的感覺。

　　「你們要帶我去哪裡？」佳妮對
著把她抓走的灰猴們喊道。

　　灰_{ㄏㄨㄟ}猴_{ㄏㄡ}們_{ㄇㄣ}沒_{ㄇㄟ}有_{ㄧㄡ}回_{ㄏㄨㄟ}答_{ㄉㄚ}佳_{ㄐㄧㄚ}妮_{ㄋㄧ}的_{ㄉㄜ}問_{ㄨㄣ}題_{ㄊㄧ}，只_ㄓ
顧_{ㄍㄨ}著_{ㄓㄜ}說_{ㄕㄨㄛ}自_ㄗ己_{ㄐㄧ}想_{ㄒㄧㄤ}說_{ㄕㄨㄛ}的_{ㄉㄜ}事_ㄕ。

　　灰_{ㄏㄨㄟ}猴_{ㄏㄡ}們_{ㄇㄣ}在_{ㄗㄞ}森_{ㄙㄣ}林_{ㄌㄧㄣ}裡_{ㄌㄧ}是_ㄕ出_{ㄔㄨ}了_{ㄌㄜ}名_{ㄇㄧㄥ}的_{ㄉㄜ}話_{ㄏㄨㄚ}
多_{ㄉㄨㄛ}，嘴_{ㄗㄨㄟ}巴_{ㄅㄚ}幾_{ㄐㄧ}乎_{ㄏㄨ}沒_{ㄇㄟ}有_{ㄧㄡ}閉_{ㄅㄧ}上_{ㄕㄤ}的_{ㄉㄜ}時_ㄕ候_{ㄏㄡ}。牠_{ㄊㄚ}們_{ㄇㄣ}
正_{ㄓㄥ}七_{ㄑㄧ}嘴_{ㄗㄨㄟ}八_{ㄅㄚ}舌_{ㄕㄜ}的_{ㄉㄜ}說_{ㄕㄨㄛ}著_{ㄓㄜ}今_{ㄐㄧㄣ}天_{ㄊㄧㄢ}早_{ㄗㄠ}上_{ㄕㄤ}吃_ㄔ了_{ㄌㄜ}什_{ㄕㄣ}
麼_{ㄇㄜ}、誰_{ㄕㄟ}和_{ㄏㄜ}誰_{ㄕㄟ}吵_{ㄔㄠ}架_{ㄐㄧㄚ}等_{ㄉㄥ}雞_{ㄐㄧ}毛_{ㄇㄠ}蒜_{ㄙㄨㄢ}皮_{ㄆㄧ}的_{ㄉㄜ}小_{ㄒㄧㄠ}事_ㄕ。

無計可施的佳妮只能一直聽灰猴們說話，聽到她的耳朵都痛了。

　　「我知道戴眼鏡的人類都很聰明。」

　　「由她當首領，我們也會變得很聰明。」

　　「我們會成為這座森林裡最聰明的種族。」

　　「只要有她手上那本書，就可以隨心所欲的使用魔法。」

　　從灰猴們的對話中了解情況的佳妮，雖然試著解釋事情和牠們想得不一樣，但是沒有任何灰猴在聽佳妮說話，而且牠們說著說著就忽然唱起了歌。

　　我們真聰明！

　　我們真厲害！

　　我們的決定最好！

　　我們是最酷的傢伙！

佳妮無奈的嘆了一口氣。「妮妮和毛毛沒事吧？他們會發現我被這群灰猴抓走了嗎？可是他們沒有魔法之書，如果在森林裡迷路就糟了，怎麼辦？」

　　此時，妮妮正不知所措，在佳妮消失的地方走來走去。

　　「姐姐不會丟下我走掉，她一定是被綁架了！犯人連魔法之書都帶走了，我該怎麼辦？」

　　一旁的毛毛說：「該不會是黑魔法師做的好事吧？」

　　妮妮激動的大喊：

呸呸呸！絕對不是！你不要烏鴉嘴！

　　看到毛毛沮喪的垂下尾巴，妮妮發現自己說得太過分了，感到非常後悔。

「毛毛，對不起，我是因為太擔心姐姐才會說出這些話。」

被不安籠罩的妮妮和毛毛抱著彼此，大哭了了起來。

「佳妮姐姐該怎麼辦？我們又該怎麼辦？」

這時候，有一道巨大的影子悄悄的接近妮妮和毛毛。

這是人類留下來的建築物，現在是我們的家。

第3章
灰猴的首頭

我們真聰明！
我們真厲害！

所以就結論來說，這裡是人類為我們打造的家。

一抵達巢穴，灰猴們就把佳妮放到地上。先不論從四面八方傳來的灰猴歌聲，這裡的景觀確實令人讚嘆。

我們的決定最好！
我們是最酷的傢伙！

　　雖ㄙㄨㄟ然ㄖㄢˊ有ㄧㄡˇ部ㄅㄨˋ分ㄈㄣ地ㄉㄧˋ方ㄈㄤ已ㄧˇ經ㄐㄧㄥ崩ㄅㄥ塌ㄊㄚ，但ㄉㄢˋ這ㄓㄜˋ座ㄗㄨㄛˋ建ㄐㄧㄢˋ築ㄓㄨˊ物ㄨˋ卻ㄑㄩㄝˋ依ㄧ然ㄖㄢˊ古ㄍㄨˇ色ㄙㄜˋ古ㄍㄨˇ香ㄒㄧㄤ。高ㄍㄠ聳ㄙㄨㄥˇ巨ㄐㄩˋ木ㄇㄨˋ的ㄉㄜ根ㄍㄣ部ㄅㄨˋ像ㄒㄧㄤˋ在ㄗㄞˋ保ㄅㄠˇ護ㄏㄨˋ這ㄓㄜˋ座ㄗㄨㄛˋ建ㄐㄧㄢˋ築ㄓㄨˊ似ㄙˋ的ㄉㄜ，盤ㄆㄢˊ根ㄍㄣ錯ㄘㄨㄛˋ節ㄐㄧㄝˊ的ㄉㄜ緊ㄐㄧㄣˇ緊ㄐㄧㄣˇ包ㄅㄠ覆ㄈㄨˋ著ㄓㄜ牆ㄑㄧㄤˊ面ㄇㄧㄢˋ。

「森林深處怎麼會有這麼壯觀的建築啊？」

灰猴們依舊嘰嘰喳喳，接著又開始唱歌，沒有人回答佳妮的問題。

這時候，一隻灰猴趁佳妮不注意，從她手上搶走了魔法之書。

不行！

佳妮慌張的阻止。那隻灰猴因為佳妮的喊叫聲嚇了一跳，手中的魔法之書也掉了下來，另一隻灰猴趕緊接住。

「為什麼不行？只有你能使用魔法嗎？」

擔心灰猴們濫用魔法之書，佳妮立刻動腦想出理由。

「我是怕你們受傷，只有被允許的人才能使用魔法之書。」佳妮故意做出擔心的表情。

拿著魔法之書的灰猴瞬間像石像般一動也不動，然後用顫抖的聲音詢問佳妮。

「如果沒有被允許的動物摸了魔法之書，會怎麼樣嗎？」

「摸一下或許沒關係，但是拿太久，雙手會變成石頭，再也不能使用！」

「真的嗎？那還給你！」

「當然囉！我不希望你們受傷。」

「我們也不想受傷，討厭痛痛！」

「我希望你們像現在一樣自由、快樂，並且成為這座森林裡最聰明、最優秀的動物，因為我成為你們的首領了。」

　　佳妮的話讓所有的灰猴都歡呼了起來。

我們有首領了！我們會成為這座森林最強大的動物！

灰猴們簇擁著佳妮走進建築物裡，佳妮故意抬起頭，踩著神氣的步伐，讓灰猴們帶路。

其中一隻灰猴湊到佳妮身邊。「偉大的首領，請往這裡走。」

佳妮來到一個像是大廳的地方，牆壁上鑲嵌著翡翠、瑪瑙、紅寶石等各種顏色的珠寶，中央則放著巨大的王座。

雖然王座的雕刻很精緻，看起來也十分氣派，但由於它是用石頭製成的，所以坐起來很硬。在灰猴們的注視下，佳妮緩緩翻開魔法之書，從裡面拿出一個華麗又鬆軟的坐墊，放在王座上。

哇啊啊啊！

灰猴們看著眼前神奇的一幕，讚嘆聲不絕於耳。

這時候，佳妮再次把手伸進魔法之書，灰猴們變得更加期待，連眼睛都不敢眨一下，全程注視著佳妮。

　　這次，佳妮從魔法之書拿出一大塊蛋糕，並用湯匙挖了一點奶油分給灰猴們吃，嚐過奶油甜蜜滋味的灰猴們立刻要求要吃更多。

　　「只要能回答我的問題，我就把這塊蛋糕給你們。有誰知道黃金書籤在哪裡嗎？」

　　灰猴們你看我、我看你，接著一起搖了搖頭。

「有誰知道人類為什麼要砍森林裡的樹嗎？」

灰猴們依舊沒有回答。

佳妮嘆了一口氣。「你們怎麼什麼都不知道呢？」

突然間，佳妮像有了好主意似的拍了一下大腿。「從現在開始了解也不遲。」

佳妮對右邊的灰猴群下達命令：
「你們去把黃金書籤找來給我。」

　　接著佳妮命令左邊的灰猴群：
「你們去人類的村子打聽，了解他們
為什麼要破壞森林。」

　　在佳妮參觀完這棟建築物之前，
去人類村子打聽消息的灰猴群就陸續
回來了。不過大部分的灰猴都忘記佳
妮的命令是什麼，只在村子裡和孩子
們玩了一會兒就回來了。

　　幸好有三隻灰猴完成了任務，而
且牠們還帶回了有用的情報。

「人類的村子最近來了一個富翁，
　他說只要人類開發森林，就能變
　得和他一樣有錢。」

　　　　「那個富翁很奇怪，他一進到
　　　　　房間就脫下人類的皮，變成
　　　　　黑色的煙霧。但是，他不知
　　　　　道我們在旁邊偷看。」

「難道那個富翁的真面目是黑魔法師？」

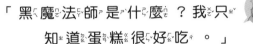「黑魔法師是什麼？我只知道蛋糕很好吃。」

佳妮把蛋糕交給完成任務的三隻灰猴，自己則陷入沉思。她想找人討論這件事，但這裡只有愛說話、只想著吃的灰猴們。

「妮妮，你現在在哪裡？」

第4章　黑魔法師的騙局

　　原來靠近妮妮和毛毛的巨大影子，是擔心他們而趕來的毛克利、巴魯和巴希拉。

　　毛克利安慰妮妮和毛毛。「別哭了，你們要找那個叫做佳妮的女生吧？」

　　「鳥群告訴我，班達羅格族帶著一個人類女孩穿過樹林，目的地應該

是ㄕ灰ㄏㄨㄟ猴ㄏㄡ們ㄇㄣ的ㄉㄜ巢ㄔㄠ穴ㄒㄩㄝ。」巴ㄅㄚ魯ㄌㄨ用ㄩㄥ巨ㄐㄩ大ㄉㄚ的ㄉㄜ手ㄕㄡ輕ㄑㄧㄥ拍ㄆㄞ妮ㄋㄧ妮ㄋㄧ的ㄉㄜ肩ㄐㄧㄢ膀ㄅㄤ。

「我ㄨㄛ們ㄇㄣ陪ㄆㄟ你ㄋㄧ們ㄇㄣ一ㄧ起ㄑㄧ去ㄑㄩ找ㄓㄠ她ㄊㄚ。」巴ㄅㄚ希ㄒㄧ拉ㄌㄚ在ㄗㄞ旁ㄆㄤ邊ㄅㄧㄢ點ㄉㄧㄢ頭ㄊㄡ。

妮ㄋㄧ妮ㄋㄧ擦ㄘㄚ乾ㄍㄢ眼ㄧㄢ淚ㄌㄟ，從ㄘㄨㄥ地ㄉㄧ上ㄕㄤ站ㄓㄢ了ㄌㄜ起ㄑㄧ來ㄌㄞ。「謝ㄒㄧㄝ謝ㄒㄧㄝ你ㄋㄧ們ㄇㄣ，我ㄨㄛ們ㄇㄣ趕ㄍㄢ快ㄎㄨㄞ去ㄑㄩ找ㄓㄠ姐ㄐㄧㄝ姐ㄐㄧㄝ吧ㄅㄚ！」

在ㄗㄞ老ㄌㄠ鷹ㄧㄥ切ㄑㄧㄝ利ㄌㄧ的ㄉㄜ指ㄓ引ㄧㄣ下ㄒㄧㄚ，他ㄊㄚ們ㄇㄣ朝ㄔㄠ著ㄓㄜ班ㄅㄢ達ㄉㄚ羅ㄌㄨㄛ格ㄍㄜ族ㄗㄨ的ㄉㄜ巢ㄔㄠ穴ㄒㄩㄝ前ㄑㄧㄢ進ㄐㄧㄣ。

與此同時，謝利住的洞穴裡來了一隻不懷好意的訪客——黑貓。

　　「偉大的謝利大人，您對人類抱持正確且明智的看法，讓我非常尊敬您。」

　　黑貓的誇讚讓謝利的心情非常愉悅。「那還用說！你找我有什麼事嗎？」

看著被稱讚而洋洋得意的謝利，黑貓忍不住在心裡嘲笑牠：雖然長相很嚇人，實際上是個單純的傻瓜啊！

黑貓清了清喉嚨。「我有話要對謝利大人說。只有您擁有守護森林的智慧與力量，若是動物們都追隨您，人類就不會得逞，更不會發生像今天這樣的事了。」

眼看謝利有點被說動，黑貓更加把勁說服牠。

人類不會停止破壞森林，請您務必站出來，成為守護這座森林的王！

謝利的耳朵豎得直直的，目光也變得炯炯有神。

「這是我最近一直在想的事，那麼，你覺得我該怎麼做呢？讓我聽聽你的意見吧！」謝利擺出王的架子，開口問黑貓。

「請您先吃掉這座森林裡的人類，再把村子裡的人類也抓來吃掉！」

「這……雖然我也想過要這麼做，但是沒那麼簡單……」

「請您放心交給我，我會讓謝利大人變強的！」

輕易拉攏到謝利的黑貓走出洞穴，準備去找蟒蛇卡奧。

「如果這座森林裡最強的卡奧也站在我這邊，那麼一切就任我宰割了。」

黑貓伸了個懶腰，呼了口氣。

「如果之前在海洋王國沒有佳妮和妮妮那對姐妹破壞我的計劃，我就不會被人魚攻擊，現在也不用這麼辛苦的四處遊說了。這兩個可惡的小鬼，我絕對不會放過你們！」

黑貓用力握緊拳頭，臉上露出可怕的表情。

雖然黑貓像說服謝利時那樣，用各種稱讚的話語努力討好卡奧，但是聰明的卡奧一下子就看穿牠的詭計。

「你的外表嬌小又可愛，但內心還真是惡毒啊！無論是村子或森林，我都不希望它們消失，和平相處、共享資源才是最好的。」

「但是卡奧大人，這樣下去……」

「我要蛻皮了，請你離開，別妨礙我。」

　　眼看無法得到卡奧的支持，「砰」的一聲，黑貓變回黑魔法師的模樣。

「哼！我就覺得很可疑，你果然不是普通的貓！」

「戰爭已經開始了，你要站在我這邊，還是永遠消失？二選一吧！」

生氣的卡奧也不甘示弱，牠立起身體，張開大嘴、吐著舌頭，發出嘶嘶的威脅聲。

可惡！

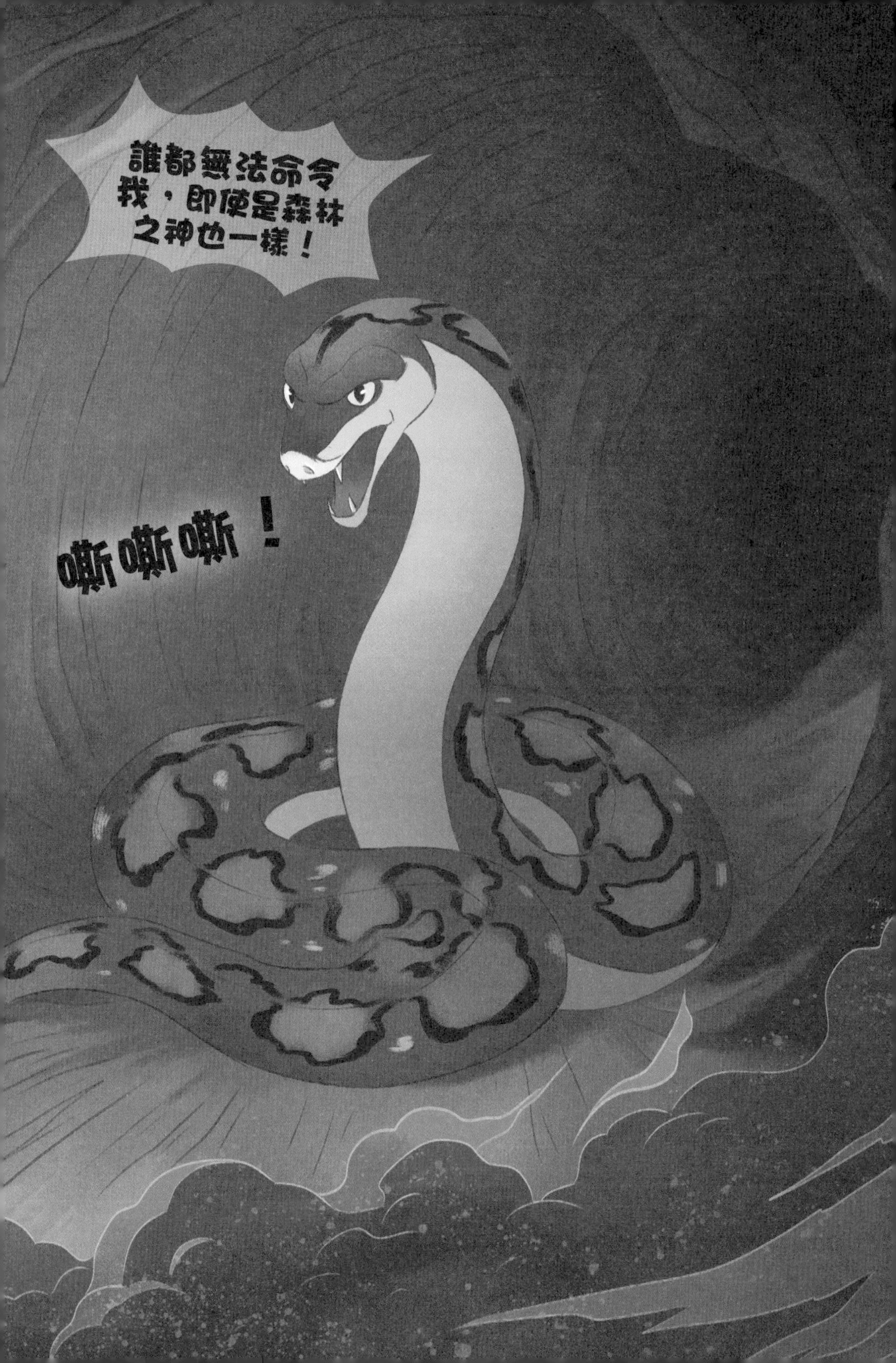
誰都無法命令
我，即使是森林
之神也一樣！
嘶嘶嘶！

黑魔法師的魔力在上次海洋王國的戰鬥中受到嚴重的損壞，在恢復力量之前，他必須保存所剩無幾的魔力，同時避開卡奧的攻擊。很快的，他便感到筋疲力盡。

　　最後，黑魔法師決定不再和卡奧纏鬥，於是用魔法瞬間消失。

　　卡奧盯著黑魔法師消失的地方喃喃自語：「這件事不只關係到人類的村子和森林，甚至會牽連整個范特西爾，但是我該蛻皮了，有誰可以處理這件事呢？」

　　黑魔法師逃跑後，聽到佳妮拿著魔法之書且成為班達羅格族首領的消息，他馬上找到灰猴們，希望藉機打倒佳妮並搶走魔法之書。

灰猴們，人類要破壞森林，快去阻止他們吧！

　　黑魔法師變成黑貓的模樣對灰猴們喊話，但是灰猴們只顧著拉黑貓的

耳朵、尾巴和鬍鬚，根本沒在聽黑貓說話。

「住手！我都說了人類要破壞森林啊！」

「帶這隻貓去見首領吧！牠這麼可愛，首領一定會喜歡。」

黑貓氣到說不出話來，於是決定變回黑魔法師的模樣，用力量嚇倒灰猴們。

「看好了，我比你們的人類首領更厲害，從現在開始，你們就追隨我吧！」

「他的手上出現了火球！」

「他沒有魔法之書也能施展魔法，是不是比首領更厲害？讓他當我們的新首領吧！」

「把這個首領帶去見人類首領，首領變成兩個，我們就能變成兩倍聰明了！」

「對，快帶我去見你們的人類首領！」

「你怎麼會在這裡？」

黑魔法師一走進大廳，佳妮就嚇得站起身來。

「嘿嘿嘿！快交出魔法之書！」

黑魔法師的手掌瞬間冒出黑色煙霧，然後朝佳妮飛去。

佳妮立刻從魔法之書拿出電風扇，吹散突然出現的黑煙。

「這種雕蟲小技難不倒我！」

佳妮從魔法之書拿出一串串香蕉，丟向黑魔法師。

「灰猴們，這是給你們的禮物！」

灰猴們看見香蕉，便成群衝向黑魔法師。

滾開！

趁黑魔法師忙著擺脫灰猴的時候，佳妮又把一顆顆芒果丟過去。

「這個更甜、更好吃喔！」

接著，更多灰猴朝黑魔法師飛撲過去，讓他難以招架。

「可惡，猴子的數量太多了，我先撤退吧！」黑魔法師一個轉身，隨即消失了蹤影。

　　「班達羅格族住的地方怎麼這麼遠？還要走多久？」坐在巴希拉背上的妮妮問道。

　　切利一邊飛一邊回答：「快到了，看到前面那座山了嗎？那裡就是灰猴們的巢穴。」

　　「我們去爬山的時候，媽媽也
一直說快到了，結果走了老半天都沒
到……啊！對不起，我只是想快點去
救姐姐，絕對不是抱怨路程遠。」

　　擔心大家誤會，妮妮趕緊解釋。

妮妮一行人渡過河之後，來到了山腳下的森林。這時候，走在前面的巴魯突然停下腳步。

　　「噓！大家趴下來！」

　　大夥兒聽從巴魯的話趴下來，接著他們聽到人類說話的聲音。

　　「這裡怎麼會有人類？他們應該不會到這種森林深處啊！」

　　毛克利從草叢間偷看那些人類，然後用手勢叫大家也過去看。

「我從未在人類村子裡看過那個人，他叫人們搬運那些會發出怪聲的東西是要做什麼？」

「他腳下的草怎麼會又黑又乾？人類用腳踩踏草地，或許會把草踩扁、踩死，但絕對不會變成那個樣子。」

「我教導過無數的動物們狩獵，我可以保證，動物們踩踏過的草也不會變成那樣。」

「居然連巴魯和巴希拉都不知道那是怎麼回事！」

「我知道。因為他不是人類，也不是動物，而是黑魔法師！」

黑魔法師？

「我之前在海洋王國的時候看過，黑魔法師一現身，海草就變成黑色了。」

「這下糟了……」

「看來光有我們的力量還不夠，需要更強、更有智慧的卡奧來幫助我們。」

「卡奧的洞穴離這裡不遠，我們先去找牠吧！」

妮妮一行人來到卡奧的洞穴，大膽的妮妮正準備走進去時，卻被巴魯一把拉住。

「太危險了，如果卡奧剛蛻完皮，會因為餓得神智不清，而把人類誤認為是灰猴吃掉的！」

妮妮嚇了一跳，往後退了幾步。

「我不要被吃掉，尤其是被蛇吃掉！」

「我倒覺得被蛇吃掉比較好，至少不會咬碎我，而是一口吞下去。」

「好可怕，你別說了！」

嘶嘶嘶！

卡奧聽見動靜，從黑暗的洞穴中爬出來，布滿褐色和黃色斑紋的身體在樹上蠕動著，讓動物們不知不覺陷入牠的催眠而動彈不得，只有妮妮和毛克利兩個人類沒有受到影響。

剛蛻完皮，肚子很餓的卡奧張大了嘴，毛克利趕緊大喊：

 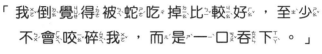

毛克利的聲音讓卡奧停止了動作。妮妮害怕的躲到巴魯和巴希拉背後，而搭在牠們背上的手，正好將巴魯和巴希拉從卡奧的催眠中喚醒。

66

卡奧睡眼惺忪，一副剛睡醒的樣子，聲音也很低沉沙啞，像下一秒就會睡著似的。

「我剛蛻完皮呢！你們是誰啊？」

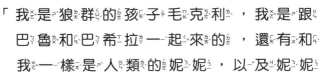

「我是狼群的孩子毛克利，我是跟巴魯和巴希拉一起來的，還有和我一樣是人類的妮妮，以及妮妮家的小狗毛毛。」

「雖然我很餓，但是這麼多，我吃不完……你們有什麼事嗎？」

「班達羅格族抓走了一個人類，我們想請你幫忙救她出來。」

「就是那個說你是黃色蚯蚓的班達羅格族啊！」

　　卡奧生氣的立起身體，巴希拉馬上用表情指責說錯話的巴魯。

「而且黑魔法師假裝成人類，帶著其他人類來破壞森林，我們要阻止他們。」

68

「黑魔法師帶著人類來破壞森林？他之前變成黑貓來說服我時，還說要為了森林和動物去消滅人類呢！」

卡奧說完後，妮妮一行人才知道黑貓就是黑魔法師，他為了讓人類和動物互相仇恨而不斷挑撥離間。

「無論是森林或村子，黑魔法師都想破壞，因為他要找出黃金書籤。唉！黃金書籤到底在哪裡呀？」

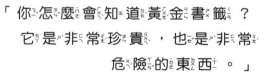

黃金書籤？

「你們姐妹倆是來找黃金書籤的嗎？」

「你怎麼會知道黃金書籤？它是非常珍貴，也是非常危險的東西。」

大家激動的反應讓妮妮嚇了一跳，她等大夥兒都冷靜下來後，才開口回答。

　　「是波普斯魔法圖書館的托米拜託我們找回黃金書籤的，因為只有像我和姐姐這樣從現實世界來的人，才可以自由穿梭在范特西爾的王國之間。我和姐姐已經找回6個黃金書籤了。」

妮妮的話讓動物們驚訝得張大嘴巴，當然，是除了毛毛之外。牠們沒想到看起來這麼普通的人類小孩，竟然肩負了為范特西爾找回黃金書籤的重責大任。

巴希拉率先打破沉默。「范特西爾的命運竟然掌握在人類小孩的手上，你們姐妹真是了不起！」

巴魯接著說：「我們先找到佳妮，再帶你們去找黃金書籤。我們王國的黃金書籤消失的那一天，森林裡突然長出了黃金樹，這兩者肯定有關聯。不過，這件事只有少數動物知道，你不能和其他動物說唷！」

妮妮點點頭。「沒問題。快去找我姐姐吧！」

卡奧笑著說：「多虧你們，我現在徹底清醒了。要做的事真多，我們趕快出發吧！」

第6章

拯救佳妮大作戰

妮妮一行人終於抵達了灰猴們的巢穴。

毛克利摩拳擦掌，準備大展身手。「我們走吧！」

卡奧趕緊制止毛克利。「冷靜點，灰猴的數量眾多，毫無計劃就進去，只會讓營救更困難。」

巴魯接著補充：「沒錯，萬一灰猴們跳來跳去，那更是沒完沒了，巢穴說不定會因為牠們過度震動而崩塌。」

妮妮迅速做出決定：「我們先找出姐姐在哪裡吧！」

巴希拉看著妮妮，微笑說道：「你不只長得可愛，還很聰明呢！」

這時候，毛毛站到大家面前。

「我有個好主意。我先進去，我能辨別佳妮姐姐的味道，如果找到她，我就汪汪叫，那時候卡奧就獨自爬進來。灰猴很怕卡奧，絕對不敢隨意發動攻擊，只能躲在角落，你們再從另一邊溜進來救我們，卡奧還可以趁機吞幾隻灰猴填飽肚子。」

毛毛流暢的說明自己的計劃，大家驚訝到下巴都快掉下來了。牠看到大夥兒目瞪口呆的樣子，得意洋洋的挺起了胸膛。

卡奧笑著說：「我的體型太大了，連你在這裡都沒發現呢！原來我們有這麼厲害的小夥伴，很高興認識你。」

大家對看後點了點頭，接著小心翼翼的按照毛毛的計劃移動。

在毛毛出發前，妮妮抱住牠，小聲叮嚀：「一定要小心喔！」

毛毛很有把握的說：「別擔心，如果被灰猴們發現，我會把身體縮起來，假裝成一團毛球。」

　　看著毛毛跑走的背影，妮妮喃喃自語著：「每當我要做什麼事的時候，姐姐的心情應該就和我現在一樣，非常擔心吧！」

卡ㄎㄚˇ奧ㄠˋ要ㄧㄠˋ拖ㄊㄨㄛ著ㄓㄜ蛻ㄊㄨㄟˋ皮ㄆㄧˊ後ㄏㄡˋ變ㄅㄧㄢˋ得ㄉㄜˊ更ㄍㄥˋ大ㄉㄚˋ的ㄉㄜ身ㄕㄣ體ㄊㄧˇ移ㄧˊ動ㄉㄨㄥˋ並ㄅㄧㄥˋ不ㄅㄨˋ容ㄖㄨㄥˊ易ㄧˋ，但ㄉㄢˋ牠ㄊㄚ還ㄏㄞˊ是ㄕˋ努ㄋㄨˇ力ㄌㄧˋ爬ㄆㄚˊ上ㄕㄤˋ西ㄒㄧ邊ㄅㄧㄢ的ㄉㄜ牆ㄑㄧㄤˊ壁ㄅㄧˋ待ㄉㄞˋ命ㄇㄧㄥˋ。

其ㄑㄧˊ他ㄊㄚ夥ㄏㄨㄛˇ伴ㄅㄢˋ從ㄘㄨㄥˊ東ㄉㄨㄥ邊ㄅㄧㄢ的ㄉㄜ門ㄇㄣˊ潛ㄑㄧㄢˊ入ㄖㄨˋ，力ㄌㄧˋ氣ㄑㄧˋ很ㄏㄣˇ大ㄉㄚˋ的ㄉㄜ巴ㄅㄚ魯ㄌㄨˇ輕ㄑㄧㄥ輕ㄑㄧㄥ鬆ㄙㄨㄥ鬆ㄙㄨㄥ就ㄐㄧㄡˋ把ㄅㄚˇ堵ㄉㄨˇ住ㄓㄨˋ門ㄇㄣˊ的ㄉㄜ石ㄕˊ頭ㄊㄡˊ搬ㄅㄢ起ㄑㄧˇ來ㄌㄞˊ了ㄌㄜ。

巴希拉、毛克利和妮妮跟在巴魯身後，躡手躡腳的進入灰猴們的巢穴，他們躲在角落，等待出動的時機。

　　這時候，毛毛循著熟悉的佳妮氣味來到大廳。「佳妮姐姐！」

　　毛毛跳進佳妮懷裡，佳妮也緊抱住毛毛，流下重逢後高興的淚水。

　　「毛毛，你怎麼會來這裡？我真的好想你！」

佳芋妮ˊ接芒著芒問ㄨ毛ㄇ毛ㄇ：「妮ˊ妮ˊ呢ˇ？她ㄊ沒ㄇ有ㄡ受ㄕ傷ㄕㄤ吧ㄅ？」

　　毛ㄇ毛ㄇ怕ㄆ說ㄕ出ㄔ計ㄐ劃ㄏ會ㄏ被ㄅ灰ㄏ猴ㄏ們˙聽ㄊ到ㄉ，所ㄙ以ˇ沒ㄇ有ㄡ回ㄏ答ㄉ佳芋妮ˊ的˙問ㄨ題ㄊ，反ㄈ而ˊ先ㄒ大ㄉ聲ㄕ的˙吠ㄈ叫ㄐ。

　　聽ㄊ到ㄉ毛ㄇ毛ㄇ發ㄈ出ㄔ的˙訊ㄒ號ㄏ，卡ㄎ奧ㄠ立ㄌ刻ㄎ爬ㄆ到ㄉ建ㄐ築ㄓ物ㄨ裡ㄌ。

　　巨大的蛇身與地板摩擦，發出令人毛骨悚然的嘶嘶聲，灰猴們一見到卡奧，就慌張得四處逃跑。

「有蛇！救命啊！」

「而且是好大的蟒蛇！」

　　一聽到有蛇，佳妮也嚇得渾身起了雞皮疙瘩，趕緊從魔法之書拿出巨大的喇叭。

「爸爸說蛇害怕震動，這樣牠就不敢靠近了。」

巨大喇叭放出來的音樂響遍了整個巢穴，灰猴們不由自主的跟著節奏跳起舞來，完全忘了要逃跑。

妮妮、毛克利、巴魯和巴希拉循著樂聲找到了佳妮，但樂聲也讓更多灰猴聚集到佳妮身旁，幸好牠們都忙著跳舞，沒有注意到妮妮一行人。

不過，卡奧因為無法承受樂聲帶來的震動，別說吃灰猴了，牠只能用最快的速度爬出建築物。

「我要去找姐姐！」

為了接近佳妮，妮妮模仿灰猴們的動作，混入猴群裡一起跳舞，毛克利、巴魯和巴希拉都來不及阻止她。

「那孩子與其說是人類小孩，更像是灰猴小孩吧？」巴魯難以置信的說道。

巴希拉笑著說：「不，她的確是人類小孩，而且非常有智慧呢！」

　　妮妮和灰猴們一起跳舞，趁機來到佳妮身邊。灰猴們開心的享受音樂，完全沒發現妮妮不是牠們的夥伴。

「姐姐！」

「妮妮！」

好不容易重逢的兩人緊緊擁抱彼此，接著妮妮對佳妮說：「姐姐，你快關掉喇叭，卡奧是來幫我們的，但是音樂的震動讓牠無法待在這裡。」

佳妮猶豫的說道：

「卡奧是那隻蛇吧？我光聽到有蛇就很害怕，才會……」

「灰猴的數量太多了，光靠我們無法把你救出來，才會拜託這座森林中最強的動物卡奧來幫忙。」

　　短暫思考一會兒後，佳妮把喇叭
關掉，再從魔法之書拿出一臺電視。

　　「那就這麼做吧！」

　　原本沉醉在旋律中的灰猴們，立
刻被電視的畫面吸引住。但是當姐妹
倆準備離開時，卻發現毛克利、巴魯
和巴希拉也跟灰猴們一樣，目不轉睛
的盯著電視。

　　佳ㄐㄧㄚ妮ㄋㄧˊ和ㄏㄜˊ妮ㄋㄧˊ妮ㄋㄧˊ相ㄒㄧㄤ視ㄕˋ而ㄦˊ笑ㄒㄧㄠˋ，接ㄐㄧㄝ著ㄓㄜ˙妮ㄋㄧˊ妮ㄋㄧˊ拍ㄆㄞ了ㄌㄜ˙拍ㄆㄞ毛ㄇㄠˊ克ㄎㄜˋ利ㄌㄧˋ的ㄉㄜ˙肩ㄐㄧㄢ膀ㄅㄤˇ。

　　「毛ㄇㄠˊ克ㄎㄜˋ利ㄌㄧˋ，別ㄅㄧㄝˊ看ㄎㄢˋ了ㄌㄜ˙！」

　　嚇ㄒㄧㄚˋ一ㄧ跳ㄊㄧㄠˋ的ㄉㄜ˙毛ㄇㄠˊ克ㄎㄜˋ利ㄌㄧˋ來ㄌㄞˊ回ㄏㄨㄟˊ看ㄎㄢˋ著ㄓㄜ˙電ㄉㄧㄢˋ視ㄕˋ畫ㄏㄨㄚˋ面ㄇㄧㄢˋ和ㄏㄜˊ眼ㄧㄢˇ前ㄑㄧㄢˊ站ㄓㄢˋ著ㄓㄜ˙的ㄉㄜ˙佳ㄐㄧㄚ妮ㄋㄧˊ與ㄩˇ妮ㄋㄧˊ妮ㄋㄧˊ，一ㄧ臉ㄌㄧㄢˇ困ㄎㄨㄣˋ惑ㄏㄨㄛˋ的ㄉㄜ˙樣ㄧㄤˋ子ㄗ˙。

　　「你ㄋㄧˇ們ㄇㄣ˙是ㄕˋ魔ㄇㄛˊ法ㄈㄚˇ師ㄕ嗎ㄇㄚ˙？怎ㄗㄣˇ麼ㄇㄜ˙會ㄏㄨㄟˋ同ㄊㄨㄥˊ時ㄕˊ出ㄔㄨ現ㄒㄧㄢˋ在ㄗㄞˋ這ㄓㄜˋ裡ㄌㄧˇ和ㄏㄜˊ那ㄋㄚˋ裡ㄌㄧˇ？」

毛毛得意的向毛克利說明：「那是電視，你眼前的佳妮姐姐和妮妮姐姐才是真的，那個只是會動的圖畫。」

佳妮和妮妮也拍了拍巴魯和巴希拉，牠們像是剛從夢裡醒來，也嚇了一大跳。

「我們快走吧！」

毛毛站到大家前方指揮，佳妮驚訝的瞪大雙眼，妮妮則笑了出來。

「毛毛是我們的隊長呢！」

佳妮一行人離開灰猴的巢穴後，卡奧再次爬進建築物裡，抓起一隻坐在地上看電視的灰猴，準備大快朵頤。

「我們去找黃金樹吧！」

毛克利一說完，巴魯就讓佳妮和毛毛坐上牠的背，巴希拉則載著毛克利和妮妮，大夥兒快速奔向黃金樹的所在地。

　　「穿過這個沼澤，就能抵達黃金樹的所在地。」

　　巴魯和巴希拉背著毛毛和三個人類孩子，小心的穿過沼澤，即使是不深的地方也走得很慢。

　　仔細注意四周動靜的妮妮忽然開口：「這裡的樹本來就會動嗎？」

　　毛ㄇㄠˊ克ㄎㄜˋ利ㄌㄧˋ毫ㄏㄠˊ不ㄅㄨˋ在ㄗㄞˋ意ㄧˋ，回ㄏㄨㄟˊ答ㄉㄚˊ：「可ㄎㄜˇ能ㄋㄥˊ是ㄕˋ水ㄕㄨㄟˇ氣ㄑㄧˋ的ㄉㄜ˙關ㄍㄨㄢ係ㄒㄧˋ，讓ㄖㄤˋ它ㄊㄚ們ㄇㄣ˙看ㄎㄢˋ起ㄑㄧˇ來ㄌㄞˊ好ㄏㄠˇ像ㄒㄧㄤˋ在ㄗㄞˋ動ㄉㄨㄥˋ。」

　　仔ㄗˇ細ㄒㄧˋ觀ㄍㄨㄢ察ㄔㄚˊ樹ㄕㄨˋ木ㄇㄨˋ後ㄏㄡˋ，佳ㄐㄧㄚ妮ㄋㄧˊ著ㄓㄠ˙急ㄐㄧˊ的ㄉㄜ˙說ㄕㄨㄛ：「不ㄅㄨˋ，這ㄓㄜˋ些ㄒㄧㄝ樹ㄕㄨˋ是ㄕˋ真ㄓㄣ的ㄉㄜ˙在ㄗㄞˋ動ㄉㄨㄥˋ！」

　　佳ㄐㄧㄚ妮ㄋㄧˊ剛ㄍㄤ說ㄕㄨㄛ完ㄨㄢˊ，遮ㄓㄜ住ㄓㄨˋ沼ㄓㄠˇ澤ㄗㄜˊ上ㄕㄤˋ空ㄎㄨㄥ的ㄉㄜ˙樹ㄕㄨˋ木ㄇㄨˋ忽ㄏㄨ然ㄖㄢˊ像ㄒㄧㄤˋ要ㄧㄠ抓ㄓㄨㄚ住ㄓㄨˋ大ㄉㄚˋ夥ㄏㄨㄛˇ兒ㄦ˙似ㄙˋ的ㄉㄜ˙，伸ㄕㄣ出ㄔㄨ了ㄌㄜ˙長ㄔㄤˊ長ㄔㄤˊ的ㄉㄜ˙樹ㄕㄨˋ枝ㄓ。

　　巴魯趕緊上岸，巴希拉卻因為陷
入沼澤的泥濘而無法快速移動。樹枝
就快碰到妮妮的時候，她趕緊從魔法
之書拿出火把揮舞。

　　趁樹枝躲開火焰之際，巴希拉終
於上岸了，但樹木上堅硬的果實卻有
如下雨一般，大量朝他們扔了過來。

　　「這次是樹木果實，快跑！」

　　一行人拔腿狂奔，想迅速逃離這片詭異的樹林，路旁巨大的花朵們卻像要吃掉他們似的張開大嘴，發動攻擊。巴希拉趕緊擋在三個人類孩子前面，雖然腳因此被花朵咬住，但牠輕輕一踢就甩開了。

「到底是誰對這些植物施了這麼惡毒的魔法？」妮妮生氣的說。

佳妮氣憤的回答：「當然是黑魔法師啊！」

毛克利非常不安。「黑魔法師該不會已經找到黃金書籤了吧？」

「別擔心，黃金樹也是這座森林的居民，不會輕易把重要的黃金書籤交給不懷好意的入侵者。」巴魯安慰毛克利。

巴希拉催促著大家。「越過這塊大石頭就能看到黃金樹了，快走吧！」

突然間，一個黑影跳到大石頭上方，擋住了大夥兒的去路。

 我等你們很久了！

第8章

謝利的襲擊

　　謝利從大石頭上跳下來，撲向三個人類孩子，巴魯和巴希拉立刻把孩子們拉走，並以自己的身體護住他們。

　　幸好大家都平安無事，但妮妮卻不小心弄掉了包包。

　　「糟了！」妮妮大喊。

小心！

　　從包包掉出來的魔法之書就落在謝利眼前，牠用鼻子聞了聞味道，接著用一隻腳踩住魔法之書。

　　「這本書的主人聞起來很好吃啊！」

　　謝利的話讓巴魯和巴希拉發出怒吼聲。「你到底想做什麼？」

「我的力量變得有多強，就用你們來試試看吧！」

謝利面對巴魯和巴希拉絲毫不退讓，而且表現出躍躍欲試的樣子。

巴魯覺得莫名其妙。「你被塔巴基咬了嗎？怎麼變得和牠一樣，瘋瘋癲癲的？」

謝利氣憤的朝巴魯揮出虎掌。

得到黑魔法師的力量後，謝利變得強勁的掌風讓巴魯後退了幾步。

　　巴魯的反應讓謝利更有自信，牠興奮得不斷低吼，想把三個人類孩子抓來吃掉。

　　謝利步步進逼，巴希拉和巴魯不甘示弱擺出攻擊的姿勢，毛克利也壓低身體，準備反擊。

　　「謝利，你最好別小看我們！」

佳妮和妮妮不知所措，站在一旁直冒冷汗。

「大家都是這座森林的居民，不應該自相殘殺啊！」

「都是黑魔法師的錯，我們要想辦法阻止牠們！」

「姐姐，我們先去把魔法之書拿回來吧！」

「等等，貿然衝過去太危險了，我們要看準時機。」

謝利盯著巴魯、巴希拉和毛克利，同時慢慢轉圈以尋找攻擊的機會，於是逐漸遠離了魔法之書。佳妮和妮妮也跟在巴魯、巴希拉及毛克利身後緩緩繞圈，眼睛直盯著魔法之書。

就是現在！

佳妮和妮妮快速拿起並翻開魔法之書。

謝T利ㄌ，是ㄕ好ㄏ
吃ㄔ的ㄉ肉ㄖ唷ㄛ！

去吧！

咬住！

就ㄐ是ㄕ現T在ㄗ，
快ㄎ抓ㄓ住ㄓ牠ㄊ！

放開我！

尖ㄐ尖ㄐ的ㄉ爪ㄓ
子ㄗ很ㄏ危ㄨㄟ險T，
所ㄙ以ㄧ要ㄠ用ㄩ——

柿子！

住手！

你們別小看我！

擇 脫！

咦？這東西挺好吃的！

轉身！

但是你們應該更好吃！

妮妮，動作快！

這時候要用——

紙箱！

入！

這是什麼？

沒有動物能抵擋紙箱的魅力！

把乖乖待在紙箱裡的謝利放在一邊，巴魯和巴希拉崇拜的看向佳妮和妮妮。

　　毛克利羨慕的說：「魔法之書真屬害！它是從哪裡來的？」

「屬害的不只是魔法之書，還有佳妮和妮妮擁有的最強力量，也就是思考的力量。毛克利，你也是人類，也能擁有一樣的力量。」

「毛克利，你想用魔法之書做什麼？還是你有想得到的東西嗎？」

「好好想想，也許你就能擁有思考的力量囉！」

「嗯……該有的東西我都有了，也沒有特別想做的事。」

「那美食如何？不用費力抓獵物和烹調，只要伸手，就可以從魔法之書拿出美味的料理來吃。」

妮妮從魔法之書拿出香噴噴的美味炸雞。

「好像很好吃！如果是這樣，說不
定我們也需要魔法之書呢！」

「沒錯，那是雞嗎？
味道太香了！」

　　被炸雞香味吸引的巴魯、巴希拉和毛克利，用鼻子不斷嗅著，但是毛克利馬上搖了搖頭。

我還是喜歡用自己的力量得到食物，因為這是森林的法則。

　　聽到毛克利說的話，巴魯和巴希拉在一旁欣慰的看著他。

　　佳妮和妮妮站在黃金樹前，看著茂盛的枝葉閃耀著金黃色光芒，而盛開的金黃色花朵則散發出芬芳香氣。

　　「好漂亮！不，光是這樣還不足以表達。毛毛，該怎麼形容才好？」

　　毛毛看著妮妮，然後汪汪叫了兩聲。

　　「眼前的美景已經超越小狗說話的能力了嗎？」妮妮自言自語。

　　妮妮和毛毛的互動讓大家都笑
了。忽然間，附近傳來轟隆隆的聲
音，四周的樹木也一一倒下。

　　「砍倒這棵巨大的黃金樹，當成
開發村子的基金吧！」

　　一個西裝筆挺的男人帶領著伐木
車和村民們來到黃金樹前，佳妮馬上
聯想到他就是灰猴們說的富翁。

村民們議論紛紛，半信半疑看著富翁。

「聽說碰到黃金樹就會變成黃金！」

「而且世世代代的子孫都會被詛咒！」

無視村民們的不安，富翁態度強硬的說：「沒有勇氣和決斷力是無法變成有錢人的！想和我一樣成為大富翁的人，請勇敢的舉起手！」

幾位村民舉起了手，富翁把最先舉起手的青年叫來面前，再帶他走到黃金樹前。

「看看這棵美麗的樹，如果它能變成錢，全部屬於你該有多好！」

富翁的話讓青年露出了笑容。忽然間，富翁把青年推向黃金樹，青年腳步不穩的往前走了幾步，指尖一碰到黃金樹，整個人立刻變成了黃金雕像。

天啊！

　　看到傳聞是真的，村民們都嚇得想拔腿逃跑，但金黃色的樹木和雕像卻美得讓他們移不開腳步。

　　這時候，佳妮大喊出聲：「別被那個人騙了，他是邪惡的黑魔法師！他不只要破壞森林，還要消滅村子，他是想讓這個王國滅亡的壞蛋啊！」

　　佳妮的話讓村民們感到震驚，紛紛看向富翁。

眼看身分被識破，富翁瞬間變回披著黑色披風的黑魔法師。

「既然找到黃金樹，我就不必再偽裝了。」

發現黑魔法師準備對黃金樹下手，毛克利急切的對著鳥群大喊。

「趕快召集森林裡所有的動物，
大家一起來守護黃金樹！」

鳥群振翅飛起，向動物們傳達毛
克利的話。沒多久，大象等森林裡的
動物就朝黃金樹奔來，成群結隊的奔
跑聲和震動傳遍了方圓百里。

隆隆隆！

毛克利轉身對村民們說：「不管是人類或動物，我們都生長在這片天空與大地之間，都是被大自然孕育成長的同胞！讓我們凝聚力量，擊退邪惡的黑魔法師吧！」

毛克利的左手牽起佳妮、妮妮和村民們，右手牽起巴魯、巴希拉和動物們，大家團結一心，一起保護黃金樹。

黑魔法師伸出雙手，喊出了咒語。

特尼烏可卡普，得納特可！

黑魔法師的腳下捲起黑色的龍捲風，而且越來越大。

大家快抓緊彼此，絕對不能放手！

毛克利的呼喊讓人類和動物們更緊握彼此的手，就在黑色龍捲風朝大夥兒攻擊的時候——

啪嚓！

黃金樹發出燦爛的金色光芒，就像是大家想守護森林的心意化為神奇的魔法，先是溫柔的包覆人類和動物們，然後驅散了黑色的龍捲風，就連黑魔法師也消失得無影無蹤。

光芒散去後，黃金樹也不見了，只剩下閃閃發光的黃金書籤飄浮在空中。

再說一次！

「汪汪！」

妮妮抱起毛毛，對著牠說：「你說什麼？再說一次。」

佳妮也皺起眉頭。「毛毛，你說慢一點。」

爸爸和媽媽看著姐妹倆，忍不住笑了出來。

「毛毛說了什麼嗎？」

妮妮困擾的回答：

「不知道，所以我叫牠再說一次。真是的，怎麼突然聽不懂了？」

爸爸和媽媽以為妮妮在開玩笑，不以為意的走到另外一邊休息。

佳ㄐㄧㄚ妮ㄋㄧ和ㄏㄜ妮ㄋㄧ妮ㄋㄧ嚴ㄧㄢ肅ㄙㄨ的ㄉㄜ看ㄎㄢ著ㄓㄜ毛ㄇㄠ毛ㄇㄠ。

　　「姐ㄐㄧㄝ姐ㄐㄧㄝ，如ㄖㄨ果ㄍㄨㄛ想ㄒㄧㄤ和ㄏㄜ毛ㄇㄠ毛ㄇㄠ對ㄉㄨㄟ話ㄏㄨㄚ，是ㄕ不ㄅㄨ是ㄕ要ㄧㄠ再ㄗㄞ去ㄑㄩ一ㄧ次ㄘ毛ㄇㄠ克ㄎㄜ利ㄌㄧ的ㄉㄜ森ㄙㄣ林ㄌㄧㄣ？」

　　佳ㄐㄧㄚ妮ㄋㄧ回ㄏㄨㄟ答ㄉㄚ妮ㄋㄧ妮ㄋㄧ：「也ㄧㄝ許ㄒㄩ是ㄕ。那ㄋㄚ我ㄨㄛ們ㄇㄣ要ㄧㄠ經ㄐㄧㄥ常ㄔㄤ去ㄑㄩ，因ㄧㄣ為ㄨㄟ我ㄨㄛ無ㄨ時ㄕ無ㄨ刻ㄎㄜ不ㄅㄨ想ㄒㄧㄤ知ㄓ道ㄉㄠ毛ㄇㄠ毛ㄇㄠ在ㄗㄞ說ㄕㄨㄛ什ㄕㄣ麼ㄇㄜ。」

毛毛又叫了幾聲，被妮妮放到地上後，輕咬她的褲管。

「姐姐，我好像知道毛毛在說什麼了，牠想再爬一次山。」

佳妮笑著說：「我也這麼想。這次我要認真、仔細的欣賞沿途風景，因為森林真的很珍貴，對吧？」

妮妮用力的點頭。

這時候，佳妮和妮妮的背後有一隻像黃金樹般閃閃發光的蝴蝶，正翩翩飛舞著。

第8集搶先看

下一個王國的主角是誰呢？
佳妮和妮妮將認識和她們
同樣機靈的兄妹喔！

請把佳妮和妮妮遇過的主角名字填入空格。

答案：彼得潘。愛麗絲。阿拉丁。桃樂絲。紅髮安妮。傳說的人魚。

魔法圖書館的群組

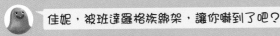

托米邀請佳妮和妮妮加入群組。

佳妮，被班達羅格族綁架，讓你嚇到了吧？

是呀！我還以為自己已經習慣冒險了，但是被牠們抓著在樹林間盪來盪去，還是讓我嚇壞了。

我也因為姐姐失蹤而被嚇到快哭了！

對不起，也謝謝你和大家來救我。

妮妮越來越可靠了。

能救出姐姐，多虧有毛克利和動物們的幫助，毛毛也起了關鍵的作用。

我好希望毛毛平常也能和在森林裡的時候一樣，和我們對話。

說不定作者真的懂動物的語言，才能寫出《森林王子》這個故事。

沒錯，他一定也有豐富的想像力。

我認為這個故事不僅以印度的森林為背景，或許也多少融入了作者的經歷。

作者待過印度嗎？我以為他是英國人。

吉卜林出生在印度孟買，但那裡當時由英國管轄，他也在6歲時回到英國，長大後曾經到美國、緬甸、日本等國旅行。

感覺他的生平很豐富。

托米，多說一點這位作家的事吧！

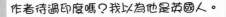

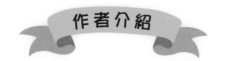

1907年
榮獲諾貝爾
文學獎

約瑟夫・魯德亞德・吉卜林
Joseph Rudyard Kipling

1865年12月30日～1936年1月18日
在印度出生的英國小說家兼詩人

在印度孟買出生的英國人吉卜林，6歲時和妹妹一起被送回英國，在一間兒童寄養所接受教育。然而，吉卜林在寄養所的生活並不愉快，小小年紀就離開家人，他受到的關愛也非常有限，這段經歷某種程度影響了他的創作風格，尤其表現在對於兒童的同情心這方面。

　　完成學業後，吉卜林在17歲時回到印度，先後成為報紙的助理編輯與通訊記者，也在這段期間周遊印度全國，並走訪美國、緬甸、日本等國家。工作的同時，吉卜林也創作詩歌與小說，並在1883年出版他的第一部作品。

　　26歲時，吉卜林和妻子結婚並到美國生活，同時專注於兒童文學的創作，1894年和1895年，他出版了自己的代表作《叢林奇譚》和《叢林奇譚二》。毛克利的故事就收錄在《叢林奇譚》這本故事集中，並且因為頗富盛名，所以又稱為《森林王子》。

　　吉卜林生活在部分歐洲國家熱衷於擴張領土的年代，他的作品也或多或少帶有這種思想，因此長久以來都受到看法兩極的評價。然而不可否認的是，吉卜林熱愛與堅持創作的精神，成就了他獨特的文學世界。1907年，42歲的吉卜林成為英國第一位，也是目前為止最年輕的諾貝爾文學獎得主，評審以「具有觀察入微、想像獨特、氣概雄渾、敘述卓越等非凡才能的作家」來評價他。

第一版的《叢林奇譚》封面。

請幫動物們畫上臉吧！

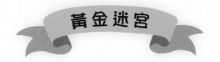

黃金迷宮

破解從魔法之書蹦出來的黃金迷宮，
和佳妮、妮妮一起去范特西爾吧！

▶答案在後面唷！

國家圖書館出版品預行編目（CIP）資料

魔法圖書館 7 遇見森林王子 / 智迿莉作；李景姬繪；
石文穎譯 .-- 初版 .-- 新北市：大眾國際書局，
2023.1
128 面；15x21 公分 .-- （魔法圖書館 ；7）
譯自：간니닌니 마법의 도서관. 7, 정글북과 마법의 책
ISBN 978-986-0761-96-2（平裝）

862.599   111018978

第123頁的答案。

小公主成長學園CFF031

魔法圖書館 7 遇見森林王子

作 者	智迿莉	
繪 者	李景姬	
監 修	工作室加嘉	
譯 者	石文穎	

總 編 輯	楊欣倫
執 行 編 輯	李季芙
協 力 編 輯	徐淑惠
特 約 編 輯	林宜君
封 面 設 計	張雅慧
排 版 公 司	芊喜資訊有限公司
行 銷 統 籌	楊毓群
行 銷 企 劃	蔡雯嘉

出 版 發 行	大眾國際書局股份有限公司 大邑文化
地 址	22069 新北市板橋區三民路二段 37 號 16 樓之 1
電 話	02-2961-5808（代表號）
傳 真	02-2961-6488
信 箱	service@popularworld.com
大邑文化 FB 粉絲團	http://www.facebook.com/polispresstw

總 經 銷	聯合發行股份有限公司
	電話　02-2917-8022　　　傳真　02-2915-7212

法 律 顧 問	葉繼升律師
初 版 一 刷	西元 2023 年 1 月
定 價	新臺幣 280 元
I S B N	978-986-0761-96-2

大邑文化讀者回函

謝謝您購買大邑文化圖書，為了讓我們可以做出更優質的好書，我們需要您寶貴的意見。回答以下問題後，請沿虛線剪下本頁，對折後寄給我們（免貼郵票）。日後大邑文化的新書資訊跟優惠活動，都會優先與您分享喔！

✍ 您購買的書名：_____

✍ 您的基本資料：

姓名：_____，生日：____年____月____日，性別：□男 □女

電話：_____，行動電話：_____

E-mail：_____

地址：□□□-□□_____縣／市_____鄉／鎮／市／區
_____路／街____段____巷____弄____號____樓／室

✍ 職業：

□學生，就讀學校：_____，_____年級

□教職，任教學校：_____

□家長，服務單位：_____

□其他：_____

....

✍ 您對本書的看法：

您從哪裡知道這本書？□書店 □網路 □報章雜誌 □廣播電視

□親友推薦 □師長推薦 □其他_____

您從哪裡購買這本書？□書店 □網路書店 □書展 □其他_____

....

✍ 您對本書的意見？

書名：□非常好□好□普通□不好　　封面：□非常好□好□普通□不好
插圖：□非常好□好□普通□不好　　版面：□非常好□好□普通□不好
內容：□非常好□好□普通□不好　　價格：□非常好□好□普通□不好

....

✍ 您希望本公司出版哪些類型書籍（可複選）

□繪本□童話□漫畫□科普□小說□散文□人物傳記□歷史書
□兒童/青少年文學□親子叢書□幼兒讀本□語文工具書□其他_____

....

✍ 您對這本書及本公司有什麼建議或想法，都可以告訴我們喔！

_____

_____

_____

大邑文化

220-69
新北市板橋區三民路二段 37 號 16 樓之 1

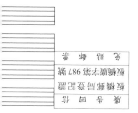

寄件人地址：□□□-□□
縣/市　　　鄉/鎮/市/區
路/街　　段　　巷　　弄　　號　　樓/室

- -

大邑文化

服務電話：（02）2961-5808（代表號）

傳真專線：（02）2961-6488

e-mail：service@popularworld.com

大邑文化 FB 粉絲團：http://www.facebook.com/polispresstw